A ARTE DE CALAR

Abade Dinouart
•
A ARTE DE CALAR
1771

Texto apresentado por
Jean-Jacques Courtine
e Claudine Haroche

Tradução de
Luis Filipe Ribeiro

Martins Fontes
São Paulo 2002

Esta obra foi publicada originalmente em francês com o título L'ART DE SE TAIRE.
Copyright © Éditions Jérome Millon, 1996 para o aparelho crítico.
Copyright © 2001, Livraria Martins Fontes Editora Ltda.,
São Paulo, para a presente edição.

1ª edição
fevereiro de 2001
2ª tiragem
novembro de 2002

Revisão da tradução
Maria Cristina G. Cupertino
Revisão gráfica
Célia Regina Camargo
Ivete Batista dos Santos
Produção gráfica
Geraldo Alves
Paginação/Fotolitos
Studio 3 Desenvolvimento Editorial

Dados Internacionais de Catalogação na Publicação (CIP)
(Câmara Brasileira do Livro, SP, Brasil)

Dinouart, Josep-Antoine-Toussaint, 1716-1786.
A arte de calar ; 1771 / Abade Dinouart ; tradução de Luis Filipe
Ribeiro ; texto apresentado por Jean-Jacques Courtine e Claudine
Haroche. – São Paulo : Martins Fontes, 2001. – (Breves encontros)

Título original: L'art de se taire : 1771.
Bibliografia.
ISBN 85-336-1366-0

1. Comunicação – Aspectos religiosos – Igreja Católica 2. Comunicação escrita e impressa 3. Comunicação não-verbal 4. Silêncio 5. Silêncio – Aspectos religiosos I. Courtine, Jean-Jacques. II. Haroche, Claudine. III. Título. IV. Série.

01-0550	CDD-302.222

Índices para catálogo sistemático:
1. Silêncio : Comunicação não-verbal : Sociologia   302.222

Todos os direitos desta edição para a língua portuguesa reservados à
Livraria Martins Fontes Editora Ltda.
Rua Conselheiro Ramalho, 330/340 01325-000 São Paulo SP Brasil
Tel. (11) 239.3677 Fax (11) 3105.6867
e-mail: info@martinsfontes.com http://www.martinsfontes.com

Apresentação

Os paradoxos do silêncio

Ao padre B. Lamy, que lhe remetera o seu *Arte de falar*, o cardeal Le Camus teria feito, à guisa de agradecimento, a seguinte pergunta: "É sem dúvida uma excelente arte, mas quem nos dará *A arte de calar*?"

Essa é a origem da idéia que conduziu o abade Dinouart a publicar em 1771 sua *A arte de calar, principalmente em matéria de religião*[1], a se acreditar

---

1. Em 1771, o abade Joseph Antoine Toussaint Dinouart fez publicar *A arte de calar, principalmente em matéria de religião*.

Nascido em Amiens, em 1716, o abade Dinouart está entre os eclesiásticos mundanos que, no século XVIII, escreveram sobre todos os tipos de assunto e sobre as mulheres em

em um de seus biógrafos. Mas o abade Dinouart propõe-se escrever um tratado do silêncio que seria uma arte de nada dizer, de nada fazer? Pretende ele concluir, com *A arte de calar*, a longa série das artes de falar que marcam a retórica da época clássica? Ou colocar um ponto final na própria idéia de retórica? De modo nenhum. *A arte*

particular: sabe-se do entusiasmo pelo tema no século XVIII. Em 1749, Dinouart publicará uma brochura "anônima" intitulada *O triunfo do sexo*, que lhe valerá uma desavença com o bispo de Amiens.

De Dinouart, a posteridade conhece suas traduções latinas, compilações numerosas e precipitadas, reimpressões quase literais de obras mais ou menos conhecidas, publicadas por outros autores. Um de seus biógrafos, Camus, conta que o abade Sabatier de Castres disse que suas traduções "são as menos ruins de suas obras, porque o conteúdo não lhe pertence" ("Um padre de Amiens feminista no século XVIII: o abade Dinouart [1716-1786], autor de *Triunfo do sexo*", in *Bulletin de la Société des Antiquaires de Picardie*, vol. 39, 1942, p. 262).

de calar é, na verdade, uma *Arte de falar*, um outro capítulo da retórica.

Decorrente, antes de mais nada, da posição paradoxal de quem a enuncia, obrigado, para editar suas regras, a transgredi-las, porque não há aparência externa na linguagem, nem reverso na retórica. Também não se deve esperar encontrar em Dinouart o enunciado de uma mística, a reivindicação de um mundo enclausurado no silêncio ou uma tentativa de articular o inefável em uma língua fundamental. Dinouart não é um contemplativo, mas um homem engajado no mundo e um polemista. *A arte de calar* não é um tratado nem do recolhimento, nem do êxtase:

> Mais do que autor, seus biógrafos insistem em que se deve considerá-lo, o que não parece nada excepcional na época, editor, mais grave até, como plagiário, o que lhe valerá aliás, a propósito de *A arte de calar*, o apelido de "Alexandre dos plagiários". (Para maiores precisões bibliográficas, remeter-se ao abade Daire, *Histoire littéraire de la ville d'Amiens*, Paris, 1782, pp. 347-59.)

ele não visa fazer silêncio diante de Deus, assim como não tenta enunciar em uma língua mística o silêncio primeiro em que Deus e o homem se confundiam. Ele não perdeu nenhuma das finalidades práticas das artes retóricas: não se trata de uma arte de fazer silêncio, e sim, muito mais, *de uma arte de fazer alguma coisa ao outro pelo silêncio.*

Um sinal, um sorriso que vos escape, pode tornar ainda mais criminosos aqueles que agem mal, porque eles acreditam vos divertir e vos agradar. Que vosso rosto fale então por vossa língua. O sábio mantém um silêncio expressivo, que se torna uma lição para os imprudentes e um castigo para os culpados.[2]

O rosto fala pela língua e, para calar, não basta fechar a boca. Porque "não haveria nisso nenhu-

2. Abade Dinouart, *L'art de se taire* (*A arte de calar*), Paris, Desprez, 1771, p. 52; Jérôme Millon, coleção "Atropia", 1987, p. 105 (doravante J. M.).

ma diferença entre o homem e os animais"[3]. O silêncio do homem *deve significar*; *A arte de calar* é, certamente, uma paradoxal arte de falar, convida a "governar" ou a "conter a língua", a lhe conceder apenas uma "liberdade moderada", para melhor incitar à *tacita significatio* da eloqüência muda, a do corpo e do rosto. Sua obra inscreve-se na tradição de uma retórica do corpo: *A arte de calar é uma arte e uma disciplina do corpo*, uma contribuição a uma parte fundamental da retórica, tão importante na época clássica, depois negligenciada: *a ação oratória*.

E o interesse do tratado de Dinouart é lembrar, após muitos outros, que o silêncio é um componente fundamental da eloqüência. Que não se pode compreender o efeito de um discurso somente a partir da invenção verbal que ele é capaz de desenvolver, assim como não se pode restringir a retórica a uma taxinomia dos torneios e das figuras. E que, por menos que se aceite desviar da

---

3. *Ibid.*, p. 3 (J. M., p. 62); *cf. infra*, p. 10.

"torrente" e do "abuso" das palavras, vê-se o corpo do orador começar silenciosamente a falar. De fato, diz-se ação, em matéria de eloqüência, "todo o exterior do orador, sua postura, sua voz, sua expressão, que ele deve harmonizar com o assunto de que trata: 'A ação', diz Cícero, 'é por assim dizer *a eloqüência do corpo*: ela tem duas partes, a voz e o gesto. Uma atinge o ouvido, a outra, os olhos; dois sentidos, diz Quintiliano, pelos quais fazemos passar nossos sentimentos e nossas paixões para a alma dos ouvintes'"[4]. A ação é uma arte do corpo e uma arte da voz. Em *A arte de calar*, Dinouart abandona a *pronunciatio* e restringe a retórica do corpo ao gesto e à expressão, que ele reduz ainda a uma *arte do pouco*, aquela do corpo imóvel, do gesto medido, da expressão contida. Desse ponto de vista, *A arte de calar* é indissociável de um outro tratado do abade Dinouart, publicado em 1754: *A eloqüência do corpo no ministério do púlpito ou a ação do pregador*. Este último anuncia-

4. *Encyclopédie* de d'Alembert, artigo "Ação".

va *A arte de calar*: "Um homem cheio de um grande sentimento permanece imóvel por um momento. Essa espécie de arrebatamento mantém em suspenso a alma de todos os ouvintes."⁵

De *A arte de calar* serão encontrados, portanto, todos os elementos que constituem o fundo da obra: por um lado, a lembrança da *dimensão do silêncio na eloqüência do corpo*; por outro, as exigências de uma *ética do silêncio na palavra e na escrita*.

*Práticas do silêncio:
plágio, censura, civilidade*

Haveria, nos diz Dinouart, uma epidemia de falar e de escrever.

O furor de falar, de escrever sobre a religião, sobre o governo, é como uma doença epidêmica,

---

5. Abade Dinouart, *L'éloquence du corps ou l'action du prédicateur*, Paris, G. Desprez, 1761, 2ª edição, p. 237.

que contamina um grande número de cabeças entre nós. Os ignorantes, como os filósofos atuais, caíram numa espécie de delírio.[6]

São numerosos os doentes, diagnostica o abade, "que se perdem pela língua ou pela pena". O tom é, então, violentamente polêmico. Dinouart tem seus alvos: os "novos filósofos", ou os "filósofos atuais", que se entregam ao abuso das palavras. E Dinouart ataca os racionalismos de todo tipo, a dialética, o materialismo e todos os pensamentos que colocam a razão acima da revelação, da fé ou da tradição. A razão se autoriza a falar e a explicar quando o espírito deveria permanecer silencioso em face do mistério da fé. E, para além do filósofo, ele condena o incrédulo e o hipócrita, o libertino e o espírito corrompido, o herético e o blasfemador. Ele se levanta contra o excesso de palavras e sobretudo contra a difusão do livro, contra o "veneno" dos livros e contra o escritor

---

6. Dinouart, *L'art de se taire*, p. 4 (J. M., pp. 57-8), *cf. infra*, pp. 3-4.

como "envenenador público", que corrompe o Estado, os costumes e a religião.

> Sempre se viu como um mal sem remédio a circulação de uma obra anticristã, que, passando de mão em mão com uma rapidez surpreendente, espalha as trevas por onde chega.[7]

A arte de calar participa, assim, da resposta ao desenvolvimento das forças políticas e das correntes filosóficas que, nessa segunda metade do século XVIII, contestam a autoridade da Igreja, ao mesmo tempo que a vida social e a investigação científica escapam, pouco a pouco, do enfeudamento religioso, e a ascensão das luzes e a do individualismo rompem a dominação dos valores tradicionais. A publicação, em 1771, de *A arte de calar* é um ato político, um apelo à ordem, no sentido mais forte do termo.

---

7. *Ibid.*, p. 279 (J. M., pp. 173-4).

É preciso defender a Igreja e reduzir ao silêncio aqueles que a atacam. É então que o texto se faz testemunho de uma nostalgia; ele é habitado pela lembrança de um *poder perdido de fazer-calar*. "*Como fechar a boca dos hipócritas?*"[8], interroga-se a voz anônima que fala através de Dinouart. E o texto sonha então com uma "reforma geral dos escritores", que começaria "por uma pesquisa exata e severa, mais ou menos como se faz quando se trata de exterminar em um país os envenenadores"[9]. Nostalgia tardia, defensiva e deslocada do grande silêncio da Inquisição: *A arte de calar* condena então os filósofos tagarelas à "espada da justiça", ao "fogo vingador", às "lágrimas da penitência" e ao "silêncio eterno"[10].

A Igreja é, na verdade, uma mãe terna e compassiva, que não pede a morte do pecador: ela

8. *Ibid.*, p. 127.
9. *Ibid.*, p. 145 (J. M., p. 120); *cf. infra*, p. 26.
10. *Ibid.*, p. 128.

deseja com ardor que ele viva e se converta [...] é o objeto de suas lágrimas e de suas preces; mas sua ternura tem limites.[11]

Ser-lhe-á necessário, entretanto, conceber remédios mais suaves, pois já não é tempo dos silêncios a ferro e fogo.

Outrora, empregava-se um comando curto para fazer calar aqueles que afastavam os fiéis do culto estabelecido para honrar o verdadeiro Deus. Lapidavam-se os ímpios, seguindo a ordem da lei antiga... Esses meios são certamente vigorosos, mas existem outros mais suaves e mais conformes ao espírito da religião.[12]

Doravante, será necessário pensar em Deus em silêncio, meditar, refletir, falar pouco. Fazer do silêncio uma disciplina, mais que um *mandamento*, um imperativo moral mais que um ato de fé. E tornar-se assim "cristão e súdito".

---

11. *Ibid.*, pp. 247-8 (J. M., p. 153); *cf. infra*, p. 65.
12. *Ibid.*, p. 128.

Desejo que a presente obra seja útil neste tempo em que o silêncio tornou-se indispensável, sendo, para muitas pessoas, um meio seguro de conservar o respeito pela religião e de fornecer ao Estado cidadãos fiéis, discretos e virtuosos.[13]

Pode-se ler assim em *A arte de calar*, na medida em que o tratado condensa ou recapitula um conjunto de problematizações do silêncio ao longo da época clássica, um deslocamento da questão do silêncio da fé para os costumes. A obra reflete assim, à sua maneira, a ruptura entre religião e moral que se produziu gradualmente ao longo dos séculos XVII e XVIII[14]. A religião deixa então de envolver as condutas públicas e privadas, de lhes dar um sentido, enquanto se assiste "romper-se a aliança institucional entre a *linguagem* cristã que enuncia a tradição de uma verdade revela-

---

13. *Ibid.*, p. 8 do prefácio (J. M., p. 59); *cf. infra*, p. 6.
14. Sobre este assunto, ver Michel de Certeau, *L'écriture de l'histoire*, pp. 153-212.

da e as *práticas* proporcionadas a uma ordem do mundo"[15].

O sistema que fazia das crenças o quadro de referência das práticas foi substituído por uma ética social que formula uma "ordem" das práticas sociais e relativiza as crenças religiosas como um objeto a ser utilizado.[16]

O silêncio exaltado ou trêmulo diante de Deus é substituído gradualmente por uma arte de calar, de "conter a língua", como bom cristão e como súdito virtuoso, à medida que as práticas civis se destacam dos comportamentos religiosos. Os ímpetos da fé muda dão lugar a um ensinamento das "virtudes", de que os jesuítas foram os artesãos, colocando-se deliberadamente no campo das práticas civis e nele introduzindo os conceitos de "civilidade", "honestidade" e "dever de estado". O tema

15. *L'art de se taire*, p. 155.
16. *Ibid.*, p. 154.

religioso do silêncio, a serviço da razão de Estado, funda então uma pedagogia da contenção, uma disciplina da reserva, uma arte da reticência.

O primeiro grau da sabedoria é saber calar; o segundo, saber falar pouco e moderar-se no discurso; o terceiro é saber falar muito sem falar mal e sem falar demais.[17]

*Silêncios da linguagem,
linguagens do rosto*

A primeira parte da obra, que trata das relações da arte de calar com a palavra, introduz a questão do silêncio na ordem dos princípios, das espécies e das causas. Ou seja, antes de tudo na ordem das práticas, dos preceitos que regulam as relações do silêncio com a palavra "na conduta ordinária da vida". A esta lista dos usos, segue-se a inscrição, no domínio da *linguagem* e da *expressão*, de uma classificação das espécies de silêncio. Dinouart estabe-

17. *Ibid.*, p. 4 (J. M., p. 63); *cf. infra*, p. 11.

lece então uma tipologia das maneiras de calar que é uma semiótica do silêncio – em que são recenseados os sinais distintivos das diferentes espécies – bem como uma pragmática – em que são analisados os efeitos sobre o outro da arte de calar. A essa semiologia vem corresponder, enfim, uma tipologia de ordem psicológica, que interpreta as distinções semiológicas estabelecidas em uma teoria dos temperamentos e das paixões[18]. Restará então a Dinouart particularizar estes preceitos gerais aplicando-os às atitudes para com a religião e os deveres ligados aos "estados" específicos a um conjunto de categorias e de condições sociais (os jovens e as pessoas idosas, os grandes e o povo, os instruídos e os ignorantes...).

"Só se deve deixar de calar quando se tem algo a dizer que valha mais do que o silêncio." Na ordem dos costumes, o tratado coloca ao mesmo tempo a preeminência e a anterioridade do silêncio sobre a palavra: "O tempo de calar deve

---

18. Ver adiante, os capítulos 1, 2 e 3 da primeira parte.

sempre vir em primeiro lugar; e nunca se pode bem falar, quando não se aprendeu antes a calar."[19] Esta primazia aqui atribuída a uma pedagogia do silêncio sobre um ensinamento da palavra retoma a importância reconhecida à prudência no enunciado da sabedoria popular e ao silêncio como sinal distintivo de uma conduta inspirada pela prudência. Se o "silêncio é de ouro", é porque a memória dos costumes populares desconfia da palavra e a ela prefere a imobilidade de um mutismo que não compromete a nada. "É certo que, considerando as coisas de modo geral, arrisca-se menos em calar do que em falar." Se o silêncio é de ouro, é sobretudo porque ele custa menos.

A superioridade do silêncio sobre a palavra, na conduta ordinária da vida, funda-se, assim, num ideal de autoconservação que extrai seus recursos da imobilidade e que vê na palavra um risco. Se o tratado tem uma grande preocupação em separar silêncio e palavra, em marcar que um não pode

19. *Ibid.*, p. 5 (J. M., p. 65); *cf. infra*, p. 12.

substituir o outro, e em inverter a hierarquia de valores que atribui tanto prestígio ao verbo, é porque há na palavra o perigo de uma *despossessão de si*:

> O homem nunca é tão dono de si mesmo quanto no silêncio: fora dele, parece derramar-se, por assim dizer, para fora de si e dissipar-se pelo discurso; de modo que ele pertence menos a si mesmo do que aos outros.[20]

O homem se perde na palavra. Ela é o que escapa, fluxo, escoamento, ferida aberta; expansão em que o corpo se esvazia e se derrama, se dissipa para fora de si mesmo. Em *A arte de calar* lê-se a crença em uma perda de substância corporal, quando porventura a língua se solta. O perigo da palavra é levar o homem a não mais se pertencer, a perder *a posse de si mesmo*, pela qual na época clássica ele mantém suas paixões subjugadas. Esses desenvolvimentos do tratado

---

20. *Ibid.*, pp. 5-6 (J. M., p. 65); *cf. infra*, pp. 12-3.

de Dinouart sobre as ameaças da palavra constituem o eco, retomando a *Conduite pour se taire...* [*Conduta para calar-se...*] de Morvan de Bellegarde, de uma preocupação que habita os manuais de civilidade, tratados de conveniência e de polidez mundana do século XVII: neles, a palavra e mais geralmente a expressão – a do corpo e do rosto – são concebidas como o lugar das paixões que a razão e a vontade devem frear e submeter.

"Não há maior domínio que o de si mesmo, de seus afetos"[21], escreve Baltasar Gracián em *A arte da prudência*. E acrescenta, a propósito da língua, que ela é uma rebelde apaixonada e independente, "uma fera que, uma vez solta, dificilmente se volta a acorrentar..."[22].

Mas *A arte de calar* faz mais do que propor uma disciplina da linguagem, uma outra arte de falar que viria colocar em prática no campo da

21. B. Gracián, *A arte da prudência*, São Paulo, Martins Fontes, 1996, p. 34

22. *Ibid.*, p. 33.

fala o ideal psicológico do controle das paixões governadas, respondendo ao modelo cartesiano do *Tratado das paixões*. Se convém fazer do silêncio uma arte e uma virtude, é para fazer calar a linguagem; porque nesse *lugar de excessos* em que o sujeito pode deixar de se pertencer, ele corre o perigo de ser mais dos outros do que de si mesmo. O silêncio possui, assim, virtudes defensivas que será preciso cultivar. Virtudes mínimas, sem dúvida, próximas do nada, que entretanto podem passar por sabedoria num homem limitado ou por capacidade num ignorante: não dizer nada é dizer que se sabe ou que, talvez, se compreende. *A arte de calar* é aqui uma arte da presunção: calar é fazer supor que se sabe. Não há excesso a temer no silêncio – ao contrário da palavra – pois o nada é menos afetado pela categoria do demais. Mais vale "passar por não ser um gênio de primeira grandeza, permanecendo freqüentemente em silêncio, do que por louco, abandonando-se à comichão de falar demais"[23].

---

23. Dinouart, *L'art de se taire*, p. 7 (J. M., p. 66); *cf. infra*, p. 14.

O imperativo do silêncio responde assim, ao mesmo tempo, a um ideal psicológico dominado pelo autocontrole e a um modelo de conduta social governada pela prudência. Ele se encarna, no século XVII, no personagem do cortesão celebrado principalmente por Gracián, a quem o silêncio oferece múltiplos recursos: evitar o excesso e seguir assim o caminho, pouco glorioso sem dúvida, mas mais seguro, do meio-termo, da *aurea mediocritas*; fazer do silêncio um espaço de controle e de cálculo que proteja do outro; exercer, enfim, *A arte de calar* para cativar o outro, apoderar-se dele e dominá-lo.

> Políticos profundos pretendem que descobrir toda a capacidade de um homem e estar em condições de governá-lo é mais ou menos a mesma coisa. Mas julgo mais verdadeiro que não há diferença entre deixar perceber nossa paixão e fornecer armas para que os outros se tornem senhores de nós.[24]

24. B. Gracián, *Le héros* [O herói], Paris, Éditions Champ Libre, 1980, p. 15.

Essa *política do silêncio* como astúcia e como tática não é a seguida pelo tratado de Dinouart, que apela para uma *ética do silêncio* animada por um ideal de sinceridade, mais próximo aqui dos moralistas do século XVII, como La Bruyère ou La Rochefoucauld.

> O silêncio é necessário em muitas ocasiões, mas é preciso sempre ser sincero; podem-se reter alguns pensamentos, mas não se deve camuflar nenhum. Há maneiras de calar sem fechar o coração; de ser discreto sem ser sombrio e taciturno; de ocultar algumas verdades sem as cobrir de mentiras.[25]

É preciso assim fazer calar a linguagem. Mas é preciso, inversamente, *fazer falar o silêncio*. Fazê-lo falar é, em primeiro lugar, reconhecer suas diferentes espécies pelos sinais que as distinguem, como numa história natural do silêncio, que fosse de fato a das ocasiões, das circunstâncias e das con-

---

25. *L'art de se taire*, p. 8 (J. M., p. 67); *cf. infra*, p. 14.

dutas em que o silêncio se impõe na vida social. É dizer também o modo e o lugar de sua enunciação:

> Há um silêncio espirituoso quando se percebe no rosto de uma pessoa que não diz nada um certo ar aberto, agradável, animado e capaz de dar a entender, sem o recurso à palavra, os sentimentos que quer dar a conhecer.[26]

O silêncio fala a linguagem do rosto. A arte de calar é uma arte do rosto. Ela participa da ação retórica, é a arte da eloqüência muda que é uma arte do corpo falante.

O rosto é o que o ouvinte mais observa na ação. Nele todas as paixões desempenham seu papel; ele existe em todos os países e em todas as línguas. Os mais ignorantes sabem ler nele: reconhecem no rosto a devoção, a dissipação, a alegria, a tristeza, a cólera, a compaixão. Ele deve ajustar-se

---

26. *Ibid.*, p. 10 (J. M., p. 70); *cf. infra*, p. 16.

ao assunto e fazer sentir ou adivinhar os movimentos da alma. Às vezes com mais eficácia que o discurso mais eloqüente; predispõe favorável ou desfavoravelmente ao orador, segundo a primeira impressão que o autor recebe dele.[27]

É preciso, assim, reconhecer no rosto uma linguagem do silêncio. Ele fala a língua universal das paixões, que ultrapassa a própria palavra, pois é mais imediato e mais eficaz. O rosto se oferece em uma legibilidade primeira, antes dos códigos e dos saberes. Talvez até essa linguagem do corpo revele o estado primeiro da língua, sua condição de possibilidade, a origem de toda retórica. Talvez ela dê acesso a uma dimensão simbólica anterior às palavras, a uma semiótica do silêncio que a palavra já não viria confundir.

Dinouart enumera então as formas do silêncio tático: trata-se então, como em Gracián, de uma

---

27. Dinouart, *L'éloquence du corps* [A eloqüência do corpo], p. 224.

pragmática da fisionomia que mostra os estratagemas silenciosos da cativação e da manipulação do outro. Há o silêncio "artificioso", silêncio enganador da dissimulação "quando só se cala para surpreender"[28]; o silêncio "complacente" da adulação, engrenagem essencial da arte do cortesão, silêncio em espelho; o silêncio "zombador", gozo secreto do outro; o silêncio de "desprezo", uso tático da reserva e da espera; o silêncio da frieza impassível, quando calar é fazer o outro falar, levá-lo a se declarar, a fazer o primeiro movimento. Dissimular, obrigar o rosto ao silêncio da im-

---

28. Dinouart, *L'art de se taire*, p. 9 (J. M., p. 69); *cf. infra*, p. 59. Igualmente em *A arte da prudência*, os "estratagemas da intenção". "A vida do homem é milícia contra a malícia do homem; a sagacidade peleja com estratagemas de intenção. Nunca faz o que indica: aponta, sim, para aturdir; insinua a esmo com destreza e executa na inesperada realidade, atenta sempre a desmentir. Lança uma intenção para assegurar-se da atenção rival e depois se volta contra ela, vencendo pelo inesperado." (P. 36.)

passibilidade ou então aos artifícios do *trompe l'oeil* é então, como para Maquiavel ou para Gracián, governar.

A tradição em que se inscreve o tratado de Dinouart distingue-se, em parte, do jogo cínico das máscaras e espelhos. A essa política do silêncio, que faz do rosto um instrumento para dominar o outro sem ser dominado por sua vez, Dinouart opõe uma ética fundada na prudência, a ocasião e uma relação em meia-tinta com a verdade. A eloqüência sagrada que Dinouart celebrava em *L'éloquence du corps* se transformou e se diluiu em comportamentos comuns de espera, de reserva, de contenção, de reticência. Retórica profana e civil de um corpo reduzido apenas ao rosto, ela sacrifica a *nobilitas* – o silêncio de porte majestoso que impõe ao outro o silêncio e o respeito – à *varietas*, ou seja, a uma ciência das ocasiões, uma arte das circunstâncias guiada pela habilidade e pela prudência. O homem silencioso de Dinouart é, como o cortesão de Gracián, um "engenheiro de ocasião"[29]. Seu silêncio é prudente quando se sabe calar oportunamente, conforme o tempo e o lugar em que se está no mundo[30]. Essa é a política própria de *A arte de calar*, diferente nesse aspecto daquela de Maquiavel ou de Gracian: ela é menos uma arte de governar o outro do que uma maneira de resistir a seu domínio; é mais um uso passivo da circunstância do que um uso ofensivo da ocasião. Arte defensiva da circunspecção, da espera; daquele que contemporiza, que não se compromete e não se revela. Arte do meio em que a verdade não se diz de fato, nem se oculta totalmente.

O silêncio político é aquele de um homem prudente, que se poupa, que se conduz com circuns-

---

29. Ver W. Jankelevitch, *Le je-ne-sais-quoi e le presque-rien* [O não-sei-quê e o quase-nada], tomo I: "La manière et l'occasion" ["A maneira e a ocasião"], Paris, Seuil, 1980.

30. Dinouart, *L'art de se taire*, p. 9 (J. M., p. 69); *cf. infra*, p. 15.

pecção, que nem sempre se abre, que não diz tudo o que pensa, que nem sempre explica sua conduta e seus desígnios; que, sem trair os direitos da verdade, nem sempre responde claramente, para não se deixar revelar.[31]

É preciso ver, sem dúvida, nessa *arte neutra do meio-dizer* as fontes religiosas e morais de componentes essenciais das atitudes jurídicas e políticas burguesas; a obrigação jurídica de reserva imposta aos servidores do Estado; a injunção ao silêncio, a ausência de opinião ou a neutralidade política de todos aqueles para quem a política deve ser calada.

Uma ética do silêncio

Existem, assim, na tradição em que se inscreve Dinouart, certos elementos de uma ética do silêncio. Este figura menos como *cálculo* visan-

---

31. *Ibid.*, p. 12 (J. M., p. 71); *cf. infra*, p. 18.

do a um domínio sobre o outro do que como *medida* destinada a assegurar um domínio sobre si mesmo.

A segunda parte da obra, que trata da relação do silêncio com a escrita, confirma-o. Ela reafirma, a propósito da escrita, o que avançava a respeito da palavra; mais uma vez, trata-se de respeitar o Príncipe e a religião, e de combater o excesso: o excesso de livros, os excessos dos livros (a repetição e o plágio, a invasão dos comentários e das obras de segunda mão; a inflação do número de livros e de autores; a gratuidade, a insignificância, a ilegibilidade dos escritos...). A favor do Príncipe e da religião "nunca se escreve o suficiente"; contra o governo e contra Deus, "escreve-se demais", e "escrevem-se coisas inúteis". O escritor deve continuar sendo uma espécie útil, como uma "abelha, cujo trabalho é precioso, delicado, útil aos homens e a ela mesma"[32].

---

32. *Ibid.*, p. 207 (J. M., p. 127); *cf. infra*, p. 33.

Convém sobretudo combater essa "estranha doença de escrever", essa paixão de tornar-se Autor que leva um tão grande número de pessoas a "desperdiçar papel". Dinouart critica a precipitação, condena o arrebatamento por escrever: escreve-se demais, escreve-se depressa demais. Contra essa febre de escrever, é preciso cultivar o estudo, a reflexão: é *o tempo do silêncio,* tempo do pensamento, que precede o tempo de escrever e o possibilita.

> É no tempo do silêncio e do estudo que é necessário preparar-se para escrever [...] Por que vos precipitais, empurrados pela paixão de serdes autor? Esperai, sabereis escrever, quando tiverdes sabido calar e bem pensar.[33]

Existe assim em *A arte de calar* um apelo à reserva, à reflexão, à contenção, que talvez seja interessante lembrar num momento em que a exi-

---

33. *Ibid.*, p. 251 (J. M., p. 155); *cf. infra*, p. 68.

gência de escrever, de comunicar tende a se subordinar às leis de um mercado em que o pensamento torna-se uma mercadoria.

A arte de calar pode convidar a refletir sobre essa histerização da escrita, ligada ao desenvolvimento do individualismo e do narcisismo contemporâneos; a resistir às injunções de *ter de escrever*; mais amplamente talvez a resistir à obrigação imposta a cada um de se exprimir. Porque a obrigação de falar ou de escrever é hoje mais forte e mais geral do que o imperativo de calar.

A arte de calar pode, assim, levar a pensar os efeitos produzidos sobre a escrita por uma *teatralização da palavra*. Hoje, o sucesso dos escritos está ligado freqüentemente a uma dramatização oral, corporal, cênica da escrita. *Ser legível é, doravante, ser visível*. É o sinal de uma paradoxal indiferença à coisa escrita, de uma certa desafeição. O escrito, preso aos efeitos da fala, tende então a revestir suas características: seu imediatismo, mas também sua brevidade e sua volatilidade. *Scripta volent*. A obsolescência dos livros aumenta e, com ela, sua multiplicação, favorecendo uma escrita da urgência.

Assim, um risco se anuncia, um perigo se define: que se instalem, sobre o fundo de uma indiferenciação de tantas vozes que clamam sua singularidade, um *silêncio das convicções*, uma *indiferença ao pensamento*.

JEAN-JACQUES COURTINE
e CLAUDINE HAROCHE

A ARTE DE CALAR

Prefácio

O cardeal Le Camus dizia ao padre Lamy de l'Oratoire, quando ele lhe ofereceu uma de suas obras, cujo título é *A arte de falar*: "Eis, sem dúvida, uma excelente arte; mas quem nos dará a arte de calar?" Seria prestar um serviço essencial aos homens dar-lhes os princípios dessa arte e fazê-los convir que é de seu interesse saber colocá-los em prática. Quantos se perderam pela língua ou pela pena! Ignora-se que muitos devem a uma palavra imprudente, a escritos profanos ou ímpios, sua expatriação, sua proscrição e que seu infortúnio não pôde ainda corrigi-los?

O furor de falar, de escrever sobre a religião, sobre o governo, é como uma doença epidêmica, que contamina um grande número de cabeças entre nós. Os ignorantes, como os filósofos atuais, caíram numa espécie de delírio. Que outro nome dar a essas obras que nos sobrecarregam, das quais a verdade e o raciocínio estão proscritos, e que só contêm sarcasmos, zombarias, contos mais ou menos escandalosos? A licença é levada a tal ponto que só se pode ser considerado erudito, filósofo, desde que se fale ou se escreva contra a religião, os costumes e o governo.

A obra que apresento irá curar esses cérebros feridos? Sem dúvida não, pois eles afetam um desprezo soberano por aqueles que ainda honram a virtude. De fato, a nova filosofia permite tudo, exceto ser cristão e súdito. Ao menos, poderei mostrar o quanto são culpados e impedir que muitos dos que começariam a se deixar seduzir por seu exemplo caiam nos mesmos erros. A filosofia, hoje, não passa de um abuso da palavra. É preciso retornar ao sentimento de Sócrates e ao de Sêneca, quando, ao falar dos gramáticos, dos geômetras e dos físicos, diziam: "É preciso ver se todos estes homens nos ensinam a virtude ou não; se ensinam, são filósofos." Que se julgue por esta máxima que autores merecem o nome de filósofos, que tantos escritores, que se pretendem eruditos, atribuem apenas a si mesmos.

Seja qual for o sexo e a condição dos que venham a ler esta instrução, cada um poderá tomar, do que se diz em geral, a parte que lhe toca. Não cabe a mim fazer tal aplicação e, ainda que eu tivesse essa liberdade, não poderia servir-me dela sem pecar, talvez, contra as regras do silêncio que proponho aos outros.

Como há dois meios para se explicar, um pelas palavras e outro pelos escritos e pelos livros, há também duas maneiras de calar; uma contendo a língua, outra contendo a pena. Isso que me dá oportunidade de fazer as observações sobre a maneira como os escritores devem permanecer em silêncio ou se explicar em público por seus livros, segundo esta advertência ao sábio: "Há um tempo de calar e um tempo de falar."

Um autor do século passado, cujo nome não pude descobrir, estabeleceu, em uma carta muito curta, regras para falar; adotei seus princípios e desenvolvi suas idéias. Desejo que a presente obra seja útil neste tempo em que o silêncio tornou-se indispensável, sendo, para muitas pessoas, um meio seguro de conservar o respeito pela religião e de fornecer ao Estado cidadãos fiéis, discretos e virtuosos.

PRIMEIRA PARTE

Introdução

Temos regras para o estudo das ciências e para os exercícios do corpo. A república literária está repleta de *Arte de pensar*, de *Arte da eloqüência*, de *Introduções à geografia, à geometria*, etc., e por que então não se ensinaria a *Arte de calar*, arte tão importante e, entretanto, tão pouco conhecida? Tentemos explicar seus princípios e sua prática. Não começarei esta obra pela exposição das vantagens que se extraem dela; todos as conhecem bem; nesta introdução, limitar-me-ei a algumas observações necessárias para a seqüência desta obra.

1. Não se pode dar um conhecimento exato de certos objetos, sem ao mesmo tempo explicar outros, com os quais eles mantêm relações essenciais; assim, não se pode falar das trevas sem o conhecimento da luz, nem do repouso sem referên-

cia ao movimento etc. Ao tratar do silêncio, portanto, farei freqüentemente reflexões sobre a palavra, a fim de explicar mais claramente um em relação à outra, ou antes explicá-los em conjunto, entretanto distinguindo com cuidado o que diz respeito às regras do silêncio.

2. Suponho aqui que, para bem calar, não basta fechar a boca e não falar: não haveria nisso nenhuma diferença entre o homem e os animais; estes são naturalmente mudos; mas é preciso saber governar a língua, considerar os momentos convenientes para retê-la ou dar-lhe uma liberdade moderada; seguir as regras prescritas pela prudência nesta matéria; distinguir, nos acontecimentos da vida, as ocasiões em que o silêncio deve ser inviolável; ter uma firmeza inflexível quando se trata de observar, incessantemente, tudo o que se considerou conveniente para bem calar; ora, tudo isso supõe reflexões, luzes e conhecimento. Foi desse ponto de vista, talvez, que os antigos sábios afirmaram que, "para aprender a falar, é

necessário dirigir-se aos homens; mas apenas aos deuses cabe ensinar com perfeição como se deve calar".

3. O conhecimento de que estou falando é diferente entre os próprios homens, segundo a diversidade de seus caracteres. É esse o ponto distintivo da maneira de calar, a qual parece comum aos sábios e aos ignorantes; eu o explicarei a seguir.

O primeiro grau da sabedoria é saber calar; o segundo, saber falar pouco e moderar-se no discurso; o terceiro é saber falar muito sem falar mal e sem falar demais.

Estabeleçamos os princípios a que se refere esta obra: eles serão extraídos dos oráculos do mais sábio dos homens, das máximas dos santos Padres e dos doutos, que tiveram a reputação de ser os homens mais esclarecidos de seu século.

Capítulo I
Princípios necessários para calar

1. Só se deve deixar de calar quando se tem algo a dizer que valha mais do que o silêncio.

2. Há um tempo de calar, assim como há um tempo de falar.

3. O tempo de calar deve sempre vir em primeiro lugar; e nunca se pode bem falar quando não se aprendeu antes a calar.

4. Não há menos fraqueza ou imprudência em calar, quando se é obrigado a falar, do que leviandade e indiscrição em falar, quando se deve calar.

5. É certo que, considerando as coisas em geral, há menos risco em calar do que em falar.

6. O homem nunca é tão dono de si mesmo quanto no silêncio: fora dele, parece derramar-se, por assim dizer, para fora de si e dissipar-se pelo

discurso; de modo que ele pertence menos a si mesmo do que aos outros.

7. Quando se tem uma coisa importante para dizer, deve-se prestar a ela uma atenção muito especial: é necessário dizê-la primeiro a si mesmo e, depois de tal precaução, voltar a dizê-la, para evitar que haja arrependimento quando já não se tiver o poder de voltar atrás no que se declarou.

8. Quando se trata de guardar um segredo, calar nunca é demais; o silêncio é então uma das coisas em que, geralmente, não há excesso a temer.

9. A reserva necessária para guardar o silêncio na conduta geral da vida não é uma virtude menor do que a habilidade e a aplicação em bem falar; e não há mais mérito em explicar o que se sabe do que em calar o que se ignora. O silêncio do sábio às vezes vale mais que o arrazoado do filósofo; o silêncio do primeiro é uma lição para os impertinentes e uma correção para os culpados.

10. O silêncio muitas vezes passa por sabedoria em um homem limitado e por capacidade em um ignorante.

11. Somos naturalmente levados a acreditar que um homem que fala muito pouco não é um grande gênio e que um outro que fala demais é um transtornado ou um louco. Mais vale passar por não ser um gênio de primeira grandeza, permanecendo freqüentemente em silêncio, do que por louco, abandonando-se à comichão de falar demais.

12. A característica própria de um homem corajoso é falar pouco e executar grandes ações. A característica de um homem de bom senso é falar pouco e dizer sempre coisas razoáveis.

13. Mesmo que se tenha propensão ao silêncio, sempre se deve desconfiar de si mesmo; e, se houver muita paixão em dizer uma coisa, este será um motivo suficiente para decidir não a dizer.

14. O silêncio é necessário em muitas ocasiões, mas é preciso sempre ser sincero; podem-se reter alguns pensamentos, mas não se deve camuflar nenhum. Há maneiras de calar sem fechar o coração; de ser discreto sem ser sombrio e taciturno; de ocultar algumas verdades sem as cobrir de mentiras.

Capítulo II
Diferentes espécies de silêncio

Existe um silêncio prudente e um silêncio artificioso.

Um silêncio complacente e um silêncio zombador. Um silêncio espirituoso e um silêncio estúpido.

Um silêncio de aprovação e um silêncio de desprezo. Um silêncio político.

Um silêncio de humor e de capricho.

1. O silêncio é prudente quando se sabe calar oportunamente, conforme o tempo e o lugar em que se está no mundo e conforme a consideração que se deve ter para com pessoas com quem se é obrigado a tratar e a viver.

2. O silêncio é artificioso, quando só calamos para surpreender, seja desconcertando os que nos declaram seus sentimentos, sem lhes dar a conhecer os nossos, seja tirando proveito do que ouvi-

mos e observamos, só querendo responder por modos enganadores.

3. O silêncio complacente é uma aplicação não somente em escutar, sem contradizer, aqueles a quem desejamos agradar, mas ainda em lhes mostrar o prazer que temos com sua conversa ou com sua conduta; de maneira que os olhares, os gestos, tudo supra a falta da palavra, para aplaudi-los.

4. O silêncio zombador é uma reserva maligna e afetada, a não ser interrompida, sobre as coisas desprovidas de sentido ou inconsideradas, as bobagens que ouvimos falar ou que vemos fazer, para gozar do prazer secreto que têm aqueles que se deixam enganar ao imaginar que os aprovamos e os admiramos.

5. Há um silêncio espirituoso quando se percebe no rosto de uma pessoa que não diz nada um certo ar aberto, agradável, animado e capaz de dar a entender, sem o recurso à palavra, os sentimentos que quer dar a conhecer.

6. Há, ao contrário, um silêncio estúpido quando, com a língua imóvel e o espírito insensível, o

homem parece inteiramente abismado numa profunda taciturnidade que nada significa.

7. O silêncio de aprovação consiste no consentimento que damos ao que vemos e ao que ouvimos, seja contentando-nos em lhe dar uma atenção favorável, que indica a importância que lhe atribuímos, seja testemunhando, por alguns sinais exteriores, que o julgamos razoável e o aprovamos.

8. É um silêncio de desprezo não nos dignarmos a responder àqueles que nos falam ou que esperam que nos declaremos a respeito do que nos falam e olhar com frieza e arrogância tudo o que vem deles.

9. O silêncio de humor é o de um homem cujas paixões só se animam seguindo a disposição ou a agitação de ânimo que o domina e de que dependem a situação de seu espírito e o funcionamento de seus sentidos; que considera bem ou mal aquilo que ouve, segundo a física desempenhe bem ou mal as suas funções, que só abre a boca para fazer piadas ou para dizer coisas desagradáveis ou inoportunas.

10. O silêncio político é aquele de um homem prudente, que se poupa, que se conduz com circunspecção, que nem sempre se abre, que não diz tudo o que pensa, que nem sempre explica sua conduta e seus desígnios; que, sem trair os direitos da verdade, nem sempre responde claramente, para não se deixar revelar. Ele tem por lema estas palavras de Isaías: *Secretude meum mihi*. Há outros polêmicos astuciosos, falsos, que abundam pelo mundo e que é inútil definir aqui, *omnium temporum homines*; seu silêncio está relacionado ao de número 2, acima.

Capítulo III
As causas das diferentes espécies de silêncio

As diferentes maneiras de calar nascem da variedade do temperamento e do espírito dos homens.

1. O silêncio prudente convém às pessoas dotadas de um bom espírito; de um juízo correto e de uma aplicação exata em observar as conjunturas que levam a calar ou a falar.

2. O silêncio artificioso agrada aos espíritos mesquinhos, às pessoas desconfiadas, vingativas e ocupadas em surpreender os outros.

3. Aqueles que são de um humor doce, fácil e acomodatício têm mais propensão ao silêncio complacente.

4. Aqueles que gostam de se divertir com tudo gostam também do prazer que encontram num silêncio zombador.

5. O silêncio espirituoso só subsiste com paixões vivas, que produzem efeitos sensíveis exteriormente e que se mostram no rosto daqueles que são animados por ele. Vê-se assim que a alegria, o amor, a cólera, a esperança impressionam mais pelo silêncio que os acompanha do que por discursos inúteis, que só servem para enfraquecê-los.

6. É fácil julgar a que convém o silêncio estúpido; é o quinhão dos espíritos fracos e imbecis.

7. Ao contrário, o silêncio de aprovação supõe um julgamento seguro e um grande discernimento, para só aprovar o que merece ser aprovado.

8. A última espécie de silêncio, que é a do desprezo, é efeito do orgulho e do amor-próprio, que leva os homens com essa característica a pensar que ninguém merece um só momento de sua atenção. Às vezes, também, este silêncio pode ser encontrado em um homem de juízo, que não julga que o que ele despreza com seu silêncio seja digno de maior consideração.

Tais são as considerações gerais que é necessário fazer sobre o silêncio para aprender a calar.

Desenvolvemos sua natureza, seus princípios, suas diversas espécies e diferentes causas; a experiência permite conhecer sua verdade pelo convívio com o mundo. O que se disse sobre o silêncio pode ser aplicado, por analogia, ao discurso prudente ou artificioso, complacente ou zombador, espirituoso ou estúpido, repleto de testemunhos de aprovação, ou de marcas de desprezo etc.

SEGUNDA PARTE

Introdução

Falar mal, falar demais ou não falar o suficiente são defeitos comuns da língua, conforme se demonstrou. Digo, por analogia, a mesma coisa a respeito da pena. Escreve-se mal, algumas vezes escreve-se demais e outras não se escreve o suficiente. Compreender-se-á facilmente, depois do que eu disse dos defeitos da língua, a aplicação que se deve fazer disso aos defeitos da pena. Não tenho intenção de compor uma crítica longa, talvez indiscreta, dos livros de que as bibliotecas estão cheias.

Detenho-me simplesmente no pensamento de que o silêncio seria muito necessário a um grande número de autores, seja porque escrevem mal, seja porque escrevem demais; e seria um bem muito útil que os escritores sólidos e judiciosos, que gostam demais de calar, dessem com mais freqüência ao público instruções sábias e importantes.

Por estar convencido dessas verdades, relativamente às três espécies de autores de que falei, eis a idéia que me vem ao espírito: seria fazer, no mundo, uma reforma geral dos escritores. Seria necessário começar por uma pesquisa exata e severa, mais ou menos como se faz quando se trata de exterminar em um país os envenenadores ou de banir os homens que trabalham para corromper a moeda em um estado. Quantos autores culpados não encontraríamos então!

Limitemos essa idéia a algo mais determinado do que o mundo inteiro. Entremos num desses edifícios soberbos, em que os escritores são expostos aos olhos do público. É um espetáculo que surpreende de início, uma vasta e rica biblioteca; mais de oitenta mil autores, de todas as nações, de todas as idades, de todos os sexos, de todos os caracteres; ordenados com inteligência, cada um no lugar que lhe compete; distinguidos ou por ordem da época em que viveram ou pela natureza das coisas de que trataram; sempre prontos, quando consultados, a responder seja na sua língua natural, se a conhecemos, seja por intérpretes, se não podemos entendê-los de outra forma.

Aí encontraremos cientistas, chamados a esclarecer os primeiros elementos das ciências para ensinar a bem falar e a escrever corretamente.

Aqui são grandes mestres da arte da eloqüência, da poesia, do conhecimento da natureza, da ciência do tempo, dos astros; do conhecimento dos costumes e dos diferentes usos do mundo. São heróis, homens de estado, embaixadores que instruem sobre as operações militares desenvolvidas em sua época, mistérios que ocasionaram revoluções secretas ou públicas nos impérios.

Lá são sábios muito ocupados em combater os inimigos da religião; padres, doutores, intérpretes e santos, que, em todos os séculos, trabalharam com zelo e capacidade para explicar a Lei de Deus, ensiná-la, esclarecê-la, pregá-la etc.

Este espetáculo é grande, augusto e venerável; mas eu retorno às minhas primeiras proposições: *escreve-se seguidamente mal; escreve-se excessivamente algumas vezes; nem sempre se escreve o suficiente.*

Capítulo I
Escreve-se mal

Em todos os tempos, uma parte da ocupação das melhores penas tem sido trabalhar para corrigir ou combater os maus livros. Tantas sátiras, falsas histórias, comentários extravagantes, compilações insípidas, contos infames, tantas obras contra a religião e os costumes, é o que chamo, geralmente, escrever mal; e há gabinetes de leitura em que um autor só é recebido se ele tem alguma das características precedentes.

Os eruditos sensatos e judiciosos proscrevem de suas casas as obras que só servem para corromper o espírito e o coração. Se por condição ou obrigação são obrigados a guardar algumas delas, seja para descobrir-lhes o veneno a fim de advertir as pessoas fracas que poderiam deixar-se surpreender, seja para combater-lhes a doutrina, encerram-nos separadamente, em uma espécie de prisão, que distingue estes escritores culpados daqueles que honram a religião e que respeitam os costumes.

"Eis o mundo", dizia um amável homem, mostrando em seu gabinete prateleiras cheias de histórias curiosas e de outras obras desse tipo. "Eis o Paraíso", acrescentava, indicando os livros piedosos organizados de um lado; "E eis o Inferno": eram os livros ou heréticos, ou perigosos, ou do gosto da filosofia atual, que ele mantinha fechados a chave.

Portanto, o mal existe entre os escritores, seja essa desordem oriunda das próprias matérias abordadas, seja vinda da corrupção dos espíritos deteriorados, que envenenam tudo pelos desvios que provocam, seja, enfim, porque ambos, o autor e a matéria, contribuem para tornar uma obra inteiramente ruim.

Capítulo II
Escreve-se demais

É o segundo defeito dos autores; é necessário conhecê-lo, antes de passar ao terceiro, e aplicar-lhe o remédio.

Escreve-se demais. Escrevem-se coisas inúteis. Escrevem-se, muito longamente, as melhores coisas. Escreve-se sem respeitar os limites prescritos ao espírito humano, sobre todas as matérias cujo conhecimento nos é recusado na ordem da providência. Escreve-se sobre objetos que devem ser proibidos quando não se tem a missão de escrever sobre eles, embora se tenham os talentos necessários para deles falar. Todos estes são excessos condenáveis e nos quais devemos nos deter por um momento. Concluiremos indicando os princípios necessários para dar explicações por meio dos artigos e dos livros.

§ 1. *Escrevem-se coisas inúteis*

Este é defeito dos autores pouco judiciosos, que não sabem decidir nem escolher uma matéria que seja de alguma utilidade. Um escritor resolveu escrever uma obra nova; serão os *Comentários sobre as guerras de César*; produzirá em seguida *A vida do grande Teodósio* etc. Já não os temos feitos por boas mãos? Por que se ocupar inutilmente em fazer mal o que já foi bem feito?

Um erudito resolve trabalhar para o público; ele calcula, pensa, medita qualquer coisa de extraordinário; coloca em versos os *Anais de Baronius ou Santo Agostinho*. Por que não os deixar em prosa? Estão tão bem e o mundo instruído está contente com eles. Quantas obras desse gênero nos são oferecidas!

Há homens que escrevem por escrever, como há os que falam por falar. Nenhuma idéia, nenhum propósito, nem nos discursos de uns, nem nos livros dos outros; nós os lemos e não compreendemos nada, ou não ficamos sabendo de nada com eles. Esses autores não entendem a si mesmos. Por que escrevem, então? É assim que, pela má escolha das matérias ou por uma maneira de escrever que nada significa, enche-se o mundo de livros estéreis e infrutíferos. Já se disse que há poucos livros em que não haja algo de bom; mas quantos, nas bibliotecas, nunca são abertos porque nada podem oferecer de útil? Quantos outros, em um *in-folio*, colocaram apenas uma ou duas páginas de coisas boas, que parecem ter-lhes escapado sem que o soubessem, e que é preciso procurar e descobrir em meio a um amontoado de coisas enfadonhas? Ah! o bom livro, o livro curioso, apenas um *extrato dos livros que jamais se lêem ou que não podem ser lidos sem enfado e aversão*! Uma tal obra poderia estar encerrada em dois *in-folio*, em que talvez quarenta mil autores estariam reduzidos àquilo que escreveram de útil e que lhes pertence propriamente. Possuiríamos então, em um gabinete muito pequeno, uma biblioteca muito rica, muito importante, e que se poderia ler mais de uma vez no curso de uma vida, porque, com esse extrato, só se teria um número muito pequeno de livros para ler um após o outro.

Os bons escritores assemelham-se à abelha, cujo trabalho é precioso, delicado, útil aos homens e a ela mesma; mas os escritores de que falo parecem não ser feitos nem para eles, nem para os outros. São autores, direis: fizeram um livro. Dizei antes que eles estragaram papel, depois de terem perdido seu tempo, acreditando fazer um livro. São, no máximo, o que já eram, para nada dizer de mais crítico. E essa é a condição desses fazedores de romance, de anedotas, de contos, de poesias jocosas, ou antes licenciosas etc.

Eles têm pelo menos o prazer de se acreditarem autores. Sim, sem dúvida; mas o público logo faz esses escritores inúteis sentirem que sua alegria será curta. Pelo simples anúncio do livro, desprezam-se a obra e o seu criador, de que, diz-se, o mundo poderia muito bem prescindir. Escutemos por um instante um escritor sensato, que soube muito bem apreciar o mérito desses escritores frívolos, que nos massacram diariamente com suas brochuras: é o sr. Querlon, bem conhecido na República das Letras.

A estranha doença de escrever ou de ler o que se escreve, que já há muito tempo nos assola, continua aumentando todos os dias. Os livros parecem preencher uma necessidade da alma; são necessários a todos os temperamentos do espírito, a todos os graus da inteligência; eles devem, pois, ser tão variados em qualidade e substância quanto os alimentos que ingerimos. Considerados desse ponto de vista, bons, medíocres, fracos, insípidos etc., não há livros que não encontrem leitores feitos para eles. Como neste caso é a cabeça que digere, o ponto principal é escolher bem as leituras que nos são adequadas, e às vezes se lê durante toda a vida ao acaso, sem ter sabido fazer a melhor escolha. Daí tantos espíritos doentios, tantas cabeças arruinadas pela permanente má digestão, por ler coisas, no mínimo, inúteis. Lamenta-se a incontinência de espírito, que multiplica tão prodigiosamente entre nós autores de toda a têmpera, livros de toda espécie, leitores de todo calibre. Nunca se viu, com efeito, fermentação semelhante à que se produziu nas cabeças nos últimos vinte e cinco ou trinta anos. É um formigar de homens de Letras; o nome, pelo menos, tornou-se tão comum, até mesmo tão vulgar, que hoje tornou-se quase ridículo sê-lo ou não; entretanto, é importante desconfiarmos dessa grande fecundidade; teme-se que ela seja o presságio de uma inevitável decadência. Os estrangeiros que nos observam ameaçam-nos com uma revolução literária; calculam-se já as nossas perdas, pretende-se demonstrá-las. Outrora, com exceção dos sábios e dos monges, ninguém na França sabia ler; virá um tempo em que será difícil encontrar, entre nós, um homem que não seja letrado. Detenhamo-nos neste objeto que nos apresenta as mais agradáveis idéias. Havia na Palestina uma cidade chamada Cidade das Letras ou dos Livros, Cariat Sepher. Imagine-se, em uma das mais belas regiões da Europa, toda uma nação dedicada às Letras: se é exagero a nação inteira, digamos que seja pelo menos a metade; haverá o povo corpo e o povo espírito; e como o corpo é comumente de maior serventia que o espírito para uma infinidade de usos, qualquer que seja a atração que tenha para nós este último, a própria natureza há de se encarregar da igualdade dessa divisão. Quanto ao povo corpo, não estamos preocupados com sua população e sua duração; mas como o povo espírito poderá tornar-se tão numeroso? Como? Pela progressão natural estabelecida na ordem das coisas. Por menos que o gosto pela instrução se amplie, ou mesmo que continue mais ou menos na mesma proporção que a avidez de escrever, todo o mundo será mais ou menos letrado, quase sem o perceber; nós nos inflamamos uns aos outros. Não há contágio mais sutil, mais imediato que o dos livros. Sobretudo os poetas, raça fecunda, que cresce entre nós nos mais áridos terrenos; os poetas logo pulularão em todos os níveis desta região, desde Conquet até Saint-Jean-Pied-de-Porc, e em todos os pontos de nossa latitude.

Se todos escrevem e tornam-se autores, o que se fará de todo esse espírito e de todos esses livros, que profusamente nos excedem, nos inundam, nos submergem? Em suma, quando tudo já estiver dito, sobre o que o espírito humano poderá exercer a sua atividade? Quando tudo estiver pensado, dito, começaremos de novo, como desde os tempos imemoriais, a pensar, a dizer as mesmas coisas; não estaremos mais sobrecarregados pela população literária do que estamos, há algum tempo, por essa multidão de livros que só têm um instante de vida, que nascem e morrem, que revivem e novamente desaparecem. No mundo moral e no mundo físico, as vicissitudes são semelhantes. Vede como na primavera a terra exibe, ostenta riquezas! Que luxo! Que profusão de flores e de folhas! Essas árvores tão belas, tão densas, em poucos dias estarão totalmente despojadas. O inverno, completando o estrago, não deixa nenhum vestígio do verdor que enfeitava os jardins, as florestas e os campos. Assim se consome gradualmente, assim estará totalmente consumida algum dia, essa inumerável quantidade de livros cujo surgimento os jornais indicam; deles não restará nenhum vestígio.

Aprendei, pequenas obras,
A morrer sem murmurar.

É preciso admitir que não há nação como a francesa para fazer rodar as prensas e, talvez, para fazê-las gemer. Aqui os autores nascem como cogumelos e infelizmente a maioria tem todas as suas qualidades. A nação voltou-se de repente para a agricultura, que ela havia negligenciado muito; imediatamente, enxames de autores agricultores cobriram todos os campos, e a maioria deles só os conhecia através dos livros de seus gabinetes. Alguns espíritos julgaram oportuno tratar a matéria das finanças e das operações do governo; imediatamente milhares de autores se acreditaram ministros, financistas; só se escrevia então sobre imposto, sobre política, e essa liberdade degenerada em uma espécie de mania chamou a atenção do soberano, que impôs silêncio; falaremos separadamente sobre esse artigo. Tal é nossa suficiência ao querer falar de tudo, escrever sobre tudo, em geral sem outros conhecimentos além daqueles que adquirimos em algumas rápidas leituras ou nas conversações do mundo. Quem poderia contar, por exemplo, as brochuras de todos os nossos romancistas e de nossos pequenos poetas?

Há alguns anos, não se encontrava nenhum jovem que, saindo do colégio, não sofresse a comichão de mandar imprimir um romance ou poesias fugazes. A quantos desses escritores de futilidades conviria o epigrama seguinte, de Robbé de Beauveset?

> *Pequeno autor, que, rastejando na lama, acreditas*
> *teus retratos inspirados nos de Miguel Ângelo,*
> *queres então ser encadernado em vitela?*
> *Espera que para sempre tua pálpebra se cerre,*
> *te encadernaremos em tua própria pele,*
> *e será certamente a mesma coisa.*

§ 2. *Escrevem-se muito longamente as melhores coisas*

Se o tema sobre o qual se trabalha é importante, útil, empreendido com critério e discernimento, freqüentemente caímos num defeito: *escrever muito longamente as melhores coisas*, e, assim, prejudicamos o sucesso da obra.

Quando se trata um tema, existem medidas a respeitar: o bom senso e a razão as determinam. Quando se escreve, são necessários gosto, hábito e atenção para não ir longe demais, como também para não ficar no caminho antes de chegar ao fim. Acrescente-se alguma coisa a essa extensão justa, ou tire-se dela, e a composição ficará disforme. Um homem tem uma estatura avantajada; se lhe tirarmos ou lhe acrescentarmos algo a mais, iremos desfigurá-lo. Será um anão, se lhe tirarmos demais; mas faremos dele um monstro, se lhe acrescentarmos alguns graus à sua altura natural. É necessário que ele seja precisamente como é, para ficar bem; os olhos se satisfazem ao vê-lo, é uma regra segura.

Digo o mesmo do espírito: um autor deve cumprir seu objetivo; e, para agradar àqueles que o lerão, deve particularmente evitar escrever muito longamente o que escreve de bom e de razoável. Raramente as pessoas se queixam da brevidade; sempre se queixam da extensão excessiva.

Este defeito da extensão acontece geralmente porque não se emprega todo o tempo necessário para limitar, rever, suprimir, reduzir a uma justa medida a matéria que se tem em mãos. O autor às vezes se alonga com prazer em passagens de sua preferência; é o seu encanto, e muitas vezes é o aborrecimento do leitor; esse defeito também provém de que o autor tem mais preparo para certas coisas que conhece do que para outras que trata com mais leviandade. Sentimos seu fraco ao lê-lo, e não lhe perdoamos nem o que ele escreve com demasiado aparato, nem o que ele se contenta em tratar mais superficialmente, por falta de conhecimentos suficientes.

Geralmente ocorre com os autores o mesmo que com os oradores sagrados e profanos; os mais breves são escutados com maior prazer quando cumprem um excelente propósito sem fatigar os ouvintes. Um homem que fala ou que escreve mais do que se deseja sempre aborrece; a paciência se vai e deixamos o orador no púlpito, ou o autor em sua mesa, da mesma forma que nos livramos de um inoportuno que encontramos.

Há poucos homens com o caráter daquele que só gostava do que era grande e longo: grandes roupas, grandes empregados, grandes livros, longos discursos etc. Sem dúvida, ele teria apreciado, com grande ternura, Thomas Rafetbach, teólogo bávaro, que, ao decidir compor um tratado sobre o profeta Isaías e mostrá-lo publicamente em Viena, empregou nessa tarefa vinte e dois anos, sem acabar sequer o primeiro capítulo, que permaneceu incompleto com sua morte.

Felizmente, a muito poucos escritores é dado ter tão longa perseverança; mas, enfim, muitos escrevem demais: sua maneira de compor é vaga e seus livros são cheios de um excesso de coisas, boas e más, donde se segue estarem as bibliotecas, por sua vez, cheias dessa mistura inútil e fatigante.

§ 3. *Escreve-se sem respeitar os limites prescritos ao espírito humano, sobre todas as matérias cujo conhecimento nos é recusado na ordem da Providência*

Faciendi plures Libros nullus est finis, diz o sábio (Ecl. 12). Deus abandonou o mundo à disputa dos eruditos, mas nenhum deles pôde penetrar, por suas conjeturas, os segredos de sua sabedoria (*Conf. De la Sag.*) que ele não lhes quis revelar. *Mundum tradidit disputationi eorum, ut non inveniat homo opus quod operatus est Deus ab initio usque ad finem* (Ecl. 3). Quantos sistemas físicos existem cuja única finalidade é abalar a religião! Aprendamos o que a voz da natureza nos ensina; é ela que, sem nos enviar às escolas de seus antigos nem de seus novos intérpretes, nos explica os principais mistérios da física. Ela o faz quando, mostrando-nos o céu e a terra, e as outras criaturas, nos anuncia que somos, como ela, as obras do Todo-Poderoso. Ela nos faz ler as primeiras palavras do Testamento do Criador, escritas sobre o sol e os astros: *in principio Deus creavit coelum et terram*; no princípio, Deus, que existia, criou o que ainda não existia.

Seja qual for nossa qualidade, e seja qual for a desculpa que o orgulho, ou a negligência, ou a infinidade de compromissos possa nos oferecer, não nos dispensemos absolutamente de estudar essa filosofia. Não há nada mais honroso do que a conhecer e poder falar dela dignamente, nem nada mais fácil do que aprendê-la. Tudo o que ela quer de nós é que, nas horas de nosso lazer, abramos os olhos e observemos o mundo: *Peto nate ut in coelum et ad terram aspicias, et ad omnia qua in eis sunt, et intelligas quia ex nihilo illa fecit Deus*: meu filho, só vos peço uma graça, contemplai o céu e a terra, e deixai entrar em vosso espírito as luzes que sairão daí, e que farão entrar com elas a ciência, a piedade e a humildade. A característica da verdadeira filosofia é determinar suas especulações por atos de amor divino, e por aumentos de santidade. A característica da filosofia falsa e corrompida é terminar as suas por um aumento de presunção e tornar o filósofo mais cego, mais soberbo do que era antes de seus estudos: ele quer conhecer o *quomodo* de cada coisa, ele se desencaminha, se perde.

Uma outra diferença entre estas duas filosofias tão contrárias é que uma se ocupa em contemplar e em admirar o que Deus nos mostra de suas obras e a outra se ocupa em querer ver o que Deus não quer que vejamos e que deve permanecer encoberto a nossos olhos. A sabedoria divina ocultou em suas produções certos segredos que não nos cabe conhecer. Os filósofos dessa última escola empenham-se em conhecê-los; e é para puni-los que Deus permite que eles se empenhem e que punam a si mesmos, consumindo suas vidas a correr em um labirinto tenebroso, a procurar o que jamais encontrarão.

Eles os procuram de fato; todos os esforços de seus estudos, durante dias e noites, são para tentar levar sua visão até o centro dos seres, e até o fundo de suas substâncias, e adivinhar quais são os segredos misteriosos que o Criador ocultou tão profundamente sob essas obscuridades eternas. A infelicidade é que eles querem dizer e querem que o universo saiba o que pensam a esse respeito: eles querem conquistar, uns aos outros, a honra de ter melhor adivinhado e melhor conhecido, a despeito de Deus, as razões de sua conduta e os mistérios de sua Providência. Daí todos os sistemas que eles imaginam sucessivamente.

Foi observando-os que Salomão pronunciou a frase memorável: *Mundum tradidit disputationi eorum*. Ele permite que esses eruditos se obstinem, há três ou quatro mil anos, em querer compreender, por exemplo, qual é a *divisibilidade* que ele ocultou na ponta de uma agulha, ou qual é a mola que dá o movimento ao sol ou ao oceano, durante suas regulares agitações. Tudo isso, indigna-se Salomão, assim como os trabalhos dos ambiciosos e as preocupações dos avaros, *vaidade das vaidades*, enfermidade dos homens obstinadamente determinados a obedecer aos sonhos de suas imaginações e a passar a vida convencendo outros homens de que sonharam com a verdade.

É um belo dito de Santo Agostinho que os Pitágoras e os Demócritos aplicam-se cegamente, cada um em seu gabinete, a construir seus sonhos e fantasias particulares e vêm em seguida, em suas assembléias e durante suas disputas, dizer sabiamente uns aos outros que são loucos.

Quando os ímpios têm algumas dúvidas a propor sobre os mistérios da religião, eles começam por propô-las a si mesmos; interrogam secretamente seu espírito e lhe perguntam como soube que o mundo foi feito por um Criador e que, após a morte, há um julgamento, um inferno, uma eternidade etc. *In cogitationibus impii interrogatio erit.* (*Sap.* 1.)

As pequenas questões da filosofia do século não estão distantes das grandes. É com aquelas que se aprende muito depressa a tornar-se mestre em impiedade, e a propor ousadamente a seu coração e a seus discípulos dúvidas escandalosas contra as verdades eternas. O maniqueu que pergunta a seu amigo se foi Deus que fez os mosquitos está muito próximo de interrogá-lo se foi Deus que fez os homens. Um príncipe que pergunta aos filósofos de sua corte se os pássaros são vivos logo se perguntará se os anjos o são e se há almas imortais.

Ocorre com as ciências o mesmo que com as palavras; as mais perigosas são as mais castas e as mais modestas, quando, sob o véu de sua sabedoria e de sua modéstia, acham-se as mais adequadas a trazer a corrupção ao coração e a fazê-lo entender que pode pensar coisas que o doutor não ousa dizer.

Não tenhamos a curiosidade de saber o caminho de nossa perda e não nos apeguemos a nenhuma doutrina a não ser à que nos serve para conhecer Deus, e que nos ajuda a amá-Lo.

"Estamos tão perto da outra vida", diz o sr. Nicole, "ou seja, de um estado em que saberemos a verdade de todas as coisas, desde que nos tenhamos tornado dignos do reino de Deus, que não vale a pena trabalhar para esclarecer todas as questões curiosas da teologia e da filosofia."

Esta reflexão é muito sábia; e, se os eruditos quisessem colocá-la em prática, não passariam os dias e as noites tratando de temas cujo conhecimento será sempre proibido ao homem. O tempo que eles perdem em tais discussões reverteria em seu favor e do público, se fosse empregado apenas em obras úteis à sociedade.

§ 4. *Escreve-se sobre temas que devem ser evitados quando não se tem a missão de falar sobre eles, ainda que se tenha o talento necessário*

Limitamo-nos aqui aos objetos que têm relação com o governo. Sendo os príncipes designados por Deus para governar as províncias, à frente das quais sua Providência os colocou, é da ordem dessa mesma Providência que seus súditos respeitem suas pessoas e se submetam ao seu comando.

Igualmente importante é não julgar a maneira pela qual a coisa pública é governada em um

Estado. Além de não sermos encarregados de reformar a conduta daqueles que nos governam, como nascemos para sermos governados, nosso dever é seguir a orientação geral que aquele que tem as rédeas do governo acredita dever dar à administração de cada uma das partes que compõem o Estado que lhe é submetido.

Ele é o centro ao qual se reportam as necessidades de todos. Todos os raios do círculo dirigem-se para esse centro e ele faz tudo movimentar-se para o bem geral e particular de seus súditos. Se as coisas não fossem assim, essa situação violenta não mudaria em nada a nossa posição. Ela é imutável nas leis da Providência, a única coisa em que nos poderíamos permitir acreditar é que estaria na ordem dos decretos dessa Providência que fôssemos governados de uma maneira contrária aos princípios da justiça; seria necessário calar e adorar a profundeza de seus decretos.

Mas, sem supor extremos que Deus não permitirá que testemunhemos, sobretudo em um reino em que sua lei é nossa regra e em que o espírito de sabedoria é o de nossos soberanos, é difícil pensar que tudo o que se faz e tudo o que se ordena reúna em seu favor os sufrágios da multidão, se fosse permitido a todos dizer seu sentimento.

Há duas grandes molas da conduta dos homens em seus julgamentos: a fantasia e a razão. A razão, que só consiste num ponto, é um conhecimento verdadeiro das coisas como elas são, que faz com que as julguemos sensatamente e que as apreciemos ou as odiemos, as aprovemos ou as condenemos segundo seu mérito. A fantasia é uma falsa impressão que formamos das coisas, concebendo-as diferentes do que são, ou maiores, ou menores, mais vantajosas ou mais prejudiciais, mais justas ou menos equitativas do que efetivamente são; o que nos leva a muitos julgamentos falsos e produz em nós, a respeito dessas mesmas coisas, afeições desarrazoadas. Se acrescentamos ao que aqui denominamos fantasia os efeitos que produz em nós a prevenção, que pode ser sua conseqüência, mas que pode ter também tantas fontes diferentes quantas são as paixões diversas que podem agitar nosso coração, como pode ser raro haver pessoas capazes de julgar, uniformemente e sensatamente, a conduta daqueles que nos governam e de afastar de seus julgamentos todas as impressões que poderiam receber da fantasia ou da prevenção!

Não deve haver, naturalmente, tantos obstáculos nos julgamentos que se podem fazer sobre as coisas que não dizem respeito ao governo e que só têm relação com os atos ou os acontecimentos comuns da sociedade entre os homens, com as ciências, com as artes etc. Esses objetos não são o teatro das grandes paixões nem dos grandes interesses, e vemos, no entanto, os atos ou os sentimentos divergirem quanto aos menores desses acontecimentos. Dessa diversidade de opiniões resultam, comumente, divisões nas famílias, rupturas entre amigos, movimentos até mesmo no corpo do Estado.

Se, pois, em matérias tão leves, os diferentes julgamentos feitos pelos homens, porque estes objetos oferecem-se, por sua natureza, à sua disputa, e seria necessária uma grande virtude para levá-los a se abster de produzir seus sentimentos uma vez que percebessem que deles poderiam resultar conseqüências nocivas – se esses diferentes julgamentos acarretam conseqüências funestas, o que não se teria a temer da liberdade que se tomaria de julgar do mesmo modo os negócios do Estado?

Não somente a fantasia e a prevenção, que dominam a maior parte dos homens, poderiam elas mesmas dominar e dirigir os julgamentos da maioria; mas, em semelhante matéria, as maiores paixões poderiam ocasionar as maiores agitações. E que meios as pessoas sensatas que, em seus julgamentos, certamente só seriam guiadas pela razão poderiam empregar para conduzir a multidão? A razão é, como acabamos de dizer, o conhecimento verdadeiro das coisas como elas são. Essas pessoas sensatas poderiam com freqüência ter esse conhecimento verdadeiro das coisas e, com a ajuda desse conhecimento, resistir à corrente? Há uma infinidade de operações em um vasto império cuja base é desconhecida e faz parte dos segredos de Estado. Essa base, conhecida tanto pelas pessoas sensatas como por aquelas que não o são, traria a evidência aos espíritos e retificaria os julgamentos dos que se enganassem, mas, como motivos ainda mais importantes obrigam a ocultá-la, a operação fica à mercê das paixões dos homens, e seus julgamentos – se é permitido fazê-los nessa matéria – podem, por sua diversidade e pela amargura ou pelo descontentamento que seria uma de suas conseqüências, causar em um Estado comoções capazes de prejudicar a saúde e a tranqüilidade geral.

A visão de tais inconvenientes parece ser suficiente para dissuadir mesmo as pessoas que geralmente não fossem conduzidas pela razão, fazendo-as abster-se de querer julgar tais matérias. Raramente a fantasia e a prevenção ofuscam o espírito dos homens a ponto de cegá-los quanto a seus próprios interesses; e é por essa única consideração que se propõe aqui dissuadi-las de alimentar sentimentos por coisas sobre as quais as pessoas mais sensatas podem, na maioria das vezes, não estar à altura de julgar, por falta do conhecimento verdadeiro do estado dessas próprias coisas, sem o qual elas correm o risco inevitável de enganar-se em seus julgamentos.

Parece, diz um autor, que uma obra não seria boa se não contivesse a sátira dos dignitários. Até as obras filosóficas são colocadas a serviço da ânsia que se tem de condenar e de criticar. Nunca é permitido aos indivíduos escrever contra o governo; se eles têm lampejos e conhecimentos sobre o assunto, que ofereçam em segredo relatórios aos ministros; mas que não se entreguem absolutamente a invectivas e a clamores que só podem gerar murmúrios e sublevar os espíritos.

O furor de querer produzir novidades produz muitas inépcias. Se cada um se limitasse à sua esfera, um escritor sem expressão e sem autoridade nunca pensaria em querer corrigir os príncipes e os ministros. "Os franceses são um pouco cabeças-de-vento", dizia um acadêmico; e é a melhor resposta que se pode dar àqueles que reprovam nossos desvios.

Todos os fazedores de projetos não têm o manejo dos negócios e não percebem as dificuldades. É necessário estar nos gabinetes dos príncipes, ver o centro para onde tudo converge, para traçar as linhas numa direção correta. Com uma pena e papel, traçam-se os mais belos planos de reforma; nada nos resiste quando escrevemos na privacidade: decidimos, cortamos à vontade, quando só na idéia, acreditamo-nos legislador. Quantos ministros, que envelheceram no trabalho, quantos magistrados, que conhecem os homens e as leis, concebem planos de melhoria e os propõem; eu os escuto. São feitos para falar, porque são instruídos. Contudo, quando um particular, quando um erudito, que é apenas um erudito, quando um filósofo, que é apenas um filósofo, cuja vida não tem nenhuma relação com a manutenção do Estado, intromete-se na hierarquia para oferecer projetos e planos de legislação e de administração, muitas vezes é apenas um escritor que tem belos sonhos e que os fornece gentilmente.

Capítulo III
Não se escreve o suficiente

A preguiça, a desconfiança de suas próprias forças, a modéstia e a reserva são as causas do mal que muitas vezes priva o público de um grande número de obras úteis e curiosas.

Não sei por que fatalidade, para as Letras, sempre se encontram homens preguiçosos e sensatos ao mesmo tempo, como se esse vício entrasse no caráter de um homem inteligente, ou ao menos fosse quase inseparável dele. Às vezes procuram-se as razões disso, buscadas na natureza, na delicadeza dos órgãos, na abundância das luzes, na dificuldade que tem um bom espírito em contentar-se, freqüentemente pretextos frívolos autorizados pela negligência. Quantos livros excelentes nós temos, trabalhados por homens tão inteligentes, tão refinados e tão eruditos quanto os que aqui censuro? Encontrareis alguns mais sinceros que confessam sem rodeios que o prazer de ser preguiçoso parece-lhes preferível ao prazer de compor uma obra.

A desconfiança de suas próprias forças mantém alguns no silêncio; eles não sabem a força que têm. A timidez estende sobre seu espírito um véu que os atrapalha, que lhes subtrai uma parte de seu brilho, que lhes oculta tudo aquilo que anima os outros a trabalhar, que os torna incertos, inconstantes, sempre prontos a deixar incompleto o que começaram; bem diferentes dos escritores ousados, presunçosos que, sem quase levantar a pena, começam e acabam uma obra.

A modéstia e a reserva são extremamente louváveis; mas há eruditos que conhecem todas as suas forças, que as experimentaram e que provocam um dano irreparável às ciências recolhendo-se em tímido silêncio. Eles são, na verdade, em menor número do que aqueles em que se observa uma inclinação contrária. Seria muito bom que esse pequeno número se enchesse do que há em excesso no outro.

Qual teria sido o destino das Letras, se tantos autores hábeis, no sagrado e no profano, tivessem seguido as máximas daqueles que, com o mesmo talento, recusam-se hoje a escrever? O famoso apóstata, o imperador Juliano, que outrora proibia aos cristãos a leitura e o uso dos livros, sabia o que deles devia temer. São necessários guias para esclarecer; e onde procurá-los senão entre os verdadeiros eruditos? Há épocas em que uma reserva inconveniente constitui uma espécie de crime, sobretudo quando se trata dos interesses de Deus e da religião.

Poder-se-iam acrescentar outras reflexões sobre este ponto e sobre os erros que os autores cometem escrevendo mal, escrevendo excessivamente ou não escrevendo o suficiente. Mas é tempo de falar dos remédios que se podem aplicar.

Não percamos de vista os princípios sólidos, apontados no começo deste escrito, para aprender a governar a fala. Eles são igualmente necessários para regular o uso da pena; apenas mudarei os termos falar e calar, por escrever e não escrever, ou deter a pena.

Capítulo IV
Princípios necessários para explicar-se pelos escritos e pelos livros

PRIMEIRO PRINCÍPIO. *Só se deve deixar de deter a pena quando se tem algo a escrever que valha mais do que o silêncio.*

Sobre este princípio, tudo o que há de mau nos autores perniciosos e o que há de excesso nos outros, como já demonstrei em detalhe, deve ser o objeto comum de suas reflexões mais sérias.

Como teria sido vantajoso para os escritores de maus livros que a pena lhes tivesse caído das mãos, antes de esparramarem no papel o veneno de tantas sátiras infames, de amores criminosos e de erros na Fé! O silêncio certamente valia mais que a exposição de tais desordens. O silêncio é pois o partido que convém aos espíritos libertinos e corrompidos. Se não o escolhem, é do interesse da religião e da sã política reduzi-los ao silêncio por meios eficazes. Um homem acometido por uma doença contagiosa é excluído da sociedade, pelo próprio bem dessa sociedade. A justiça atinge com sua espada aqueles que perturbam a ordem civil, que despojam os outros do que lhes pertence. Um escritor que, em seus escritos, blasfema contra Deus, levanta-se contra a religião, corrompe os costumes é então menos condenável? Não se ofenderia impunemente o príncipe, e atingir-se-ia o próprio Deus impunemente. Fechar-se-iam os olhos a essas produções ímpias, a esses escritos em que o pudor é ridicularizado, ultrajado; e em que se aprende a só ter vergonha de ser cristão, patriota e virtuoso. Tal tolerância, destruindo os fundamentos da religião e a regra dos costumes, romperia os laços mais sagrados que ligam o súdito ao soberano, inverteria toda distinção, toda dependência, toda união na sociedade; e qual seria o destino de uma nação em que tais escritores fossem vistos como os oráculos do século? Repito, a religião e a política bem entendida têm igual interesse a dar-se as mãos para se oporem a esse contágio tão funesto à Igreja quanto ao Estado; e, quando falo assim, apenas traduzo os sentimentos de um célebre magistrado, já citado antes, em seu requisitório de 23 de janeiro de 1759.

"Semelhantes excessos", diz ele, "não exigem os maiores remédios? A justiça não deveria mostrar-se em toda a sua severidade, tomar a espada nas mãos e golpear, sem distinção, os autores sacrílegos e sediciosos que a religião condena e que a pátria renega? Homens que abusam do nome de filósofo para declarar-se, por seus sistemas, inimigos da sociedade, do Estado e da religião são, sem dúvida, escritores que mereceriam que a Corte exercesse contra eles toda a severidade do poder que o príncipe lhe confia; e o bem da religião poderia às vezes exigir a subordinação de todos os magistrados a seus dogmas e à sua moral. Vossos predecessores, senhores, condenaram aos suplícios mais atrozes, como criminosos de lesa-majestade divina, autores que tinham composto versos contra a *honra de Deus, sua Igreja e a honestidade pública*; declararam submetidos à pena os acusados, aqueles que com eles estavam envolvidos, e os livreiros tiveram prisão decretada e foram perseguidos segundo o rigor das ordenações."

Sentença de 19 de agosto de 1623 contra Théophile, Bertelot etc.

Por uma sentença do conselho privado de Luís XIII, de 14 de julho de 1633, as obras de Guillaume de Saint-Amour foram suprimidas, com proibição sob pena de morte, a todos os impressores e livreiros de expô-las ou vendê-las e a todos os demais de tê-las ou estar em posse delas, sob pena de três mil libras de multa.

Efetivamente, em que Estado se aceitaria que os envenenadores atentassem publicamente contra a vida dos cidadãos? E por que se pretenderia que a religião e os costumes fossem um objeto menos precioso que a vida do corpo, aos olhos dos soberanos que apreciam a religião? "Se a Igreja de Jesus Cristo", diz o Monsenhor arcebispo de Paris em sua instrução de 24 de janeiro de 1768, "é afligida pelos escândalos da incredulidade e a autoridade espiritual não pode deter seu progresso, não é justo que o príncipe venha em seu socorro, impondo aos culpados o terror da *espada que ele não carrega em vão* e que Deus lhe confiou, como ao *ministro de sua vingança?*"

O erro foi constantemente considerado pelos príncipes católicos como um dos males que eles devem deter pelo temor ao castigo e mesmo punir em caso de obstinação. "Os príncipes cristãos", diz Bossuet, "estão no direito de se servir da força da espada contra seus súditos inimigos da Igreja e da doutrina sagrada; é algo que não se pode colocar em dúvida sem enfraquecer o poder público. Só conheço, entre os cristãos, os socinianos e os anabatistas que se opõem a esta doutrina. O direito é certo, mas a moderação não é menos necessária." *Hist. des Variat.* L. 10, n. 56. "Os que não querem aceitar que o príncipe use do rigor em matéria de religião, porque a religião deve ser livre, cometem um erro ímpio." *Polit.* L. 7, art. 3. Não se deve dizer, segundo o célebre abade Fleury, que o príncipe não tem direito sobre a opinião dos homens; ele tem pelo menos o direito de impedir que se façam aparecer opiniões erradas; e não deve ser permitido falar contra a honra de Deus e os dogmas da religião, tampouco contra o respeito devido ao príncipe, contra as máximas fundamentais do Estado e contra os bons costumes (*Instit. au Droit Ecclés.*, p. 316). "Como os reis servem ao temor de Deus", pergunta Santo Agostinho, "senão interditando e punindo, mesmo com uma religiosa severidade, aquilo que se faz contra as suas ordens?"

A Igreja é, na verdade, uma mãe terna e compassiva, que não pede a morte do pecador: ela deseja com ardor que ele viva e se converta; é a finalidade de seus esforços; é o objeto de suas lágrimas e de suas preces; mas sua ternura tem limites. Sem isso, para usarmos as palavras de Bossuet, se poderia blasfemar sem medo, a exemplo de Servet, negar a divindade de Jesus Cristo, preferir a doutrina dos maometanos à dos cristãos: diríamos feliz a região em que o herético estivesse tão em paz quanto o ortodoxo, em que se conservassem as víboras tanto quanto as pombas, em que aqueles que fabricam os venenos gozassem da mesma tranqüilidade que aqueles que preparam os remédios. Corta-se a língua dos que blasfemam por cólera e não se tocaria naqueles que o fazem por máximas ou por dogma. Ah! Que nação gostaria de conceder esse privilégio ao blasfemo e ver tranqüilamente a impiedade levantar o estandarte no meio do povo? Quando se ousa levantar a voz contra Deus, logo se deixa de reconhecer aqueles que são, na terra, suas imagens. Nossos autores filósofos são a triste prova dessa verdade; atacaram igualmente a Divindade e o governo, e provaram aos soberanos da terra, por seus escritos sediciosos, que eles não são menos os inimigos de Deus do que os dos reis.

SEGUNDO PRINCÍPIO. *Há um tempo de escrever, assim como há um tempo de deter a pena.*

Seria injusto condenar o fato de um homem inteligente escrever; mas há um tempo certo para fazê-lo.

1. Quando se tem substância doutrinária suficiente; quando o espírito está pleno de sua matéria, quando se está bem instruído antes de tentar instruir os outros. Riríamos de um homem que, sem provisões, embarcasse para uma viagem de longo curso. A situação de um autor que, desprovido de tudo, pretende tratar de um assunto não é menos ridícula.

2. Deve-se escrever quando a alma está em uma situação adequada para fazê-lo. A confusão, a cólera, a inquietude, a tristeza, todas as paixões frias ou ardentes gelam o espírito ou o levam para longe demais, daí tantas obras insípidas ou excessivamente satíricas; um livro bem escrito é obra de um homem que se possui inteiramente.

3. Quando a religião, o Estado, a honra ou algum interesse considerável são atacados, com freqüência é um momento de escrever. As leis divinas e humanas o permitem e o ordenam, mas aos que receberam os talentos próprios à sua defesa, que têm os lampejos necessários; os que têm apenas boa vontade e zelo, sem as luzes próprias,

devem ter humildade bastante para não pretender colocar-se no rol dos escritores.

TERCEIRO PRINCÍPIO. *O tempo de escrever não deve necessariamente vir em primeiro lugar; e nunca se pode bem escrever quando não se aprendeu antes a deter a pena.*

Este princípio é a conseqüência natural do anterior: é no tempo do silêncio e do estudo que é necessário preparar-se para escrever; acontece com os livros precoces o mesmo que com os frutos. Por que avançais tão depressa? Por que vos precipitais, empurrados pela paixão de serdes autor? Esperai, sabereis escrever quando souberdes calar e bem pensar.

QUARTO PRINCÍPIO. *Não há menos fraqueza ou imprudência em deter a pena, quando se é obrigado a escrever, do que leviandade e indiscrição em escrever, quando se deve deter a pena.*

É necessário aplicar esta máxima nas ocasiões importantes. Perdei essas ocasiões e vosso silêncio e vossa tranqüilidade terão conseqüências danosas. O inimigo se prevalecerá disso, a honra, o Estado e a religião sofrerão; mas estai atentos para bem distinguir essas grandes conjunturas em que é necessário escrever daquelas que não merecem ser tratadas e em que é imprudente fazê-lo. Esse discernimento é resultado de um julgamento saudável e de uma experiência esclarecida. Um autor, mais que ninguém, necessita de conselhos e de amigos sinceros.

QUINTO PRINCÍPIO. *É certo que, considerando as coisas em geral, há menos risco em deter a pena do que em escrever.*

Eu disse *de maneira geral*, porque há ocasiões particulares em que é necessário fazer exceções, como já afirmei. Fora isso, o que se arriscará detendo a pena? Alguma satisfação de ter escrito; alguma reputação passageira e exposta ao capricho do leitor; alguns momentos de ocupação, que ajudaram a fazer passar o tempo de modo agradável. E é necessário ainda, para arriscar verdadeiramente perder tais vantagens, que se escreva com sucesso. Sem isso, a tristeza e o desprezo são o destino dos autores.

Perguntou-se a um homem sábio e capaz de escrever, quando tomaria a resolução de fazer um livro. "Será", responde ele, "quando me aborrecer de fazer outra coisa e quando eu não tiver mais nada a perder." Deixo aos escritores ávidos o trabalho de desenvolver todo o sentido dessa resposta.

SEXTO PRINCÍPIO. *O homem nunca é tão dono de si mesmo quanto em sua determinação em deter a pena; sem essa precaução, ele escreve demais e se derrama, por assim dizer, para fora de si, de modo que ele pertence menos a si mesmo do que aos outros.*

Esta reflexão é uma das mais importantes para os eruditos que escrevem; nada lhes é tão necessário quanto se possuir e não serem tão pródigos de si mesmos diante do público. É necessário sangue-frio e presença de espírito para escrever. Isso falta quando se avança muito; mil coisas escapam, que teria sido preciso reter, e o público as releva. Determinado autor fracassou nos últimos volumes de suas obras, ao passo que merecera pelas primeiras uma aprovação que lhe dera motivo para se contentar. Ele se equivocou querendo estender demais seu assunto, ele se perdeu.

SÉTIMO PRINCÍPIO. *Quando se tem uma coisa importante para escrever, deve-se prestar a ela uma atenção muito especial. Deve-se pensar nela constantemente e, depois dessas reflexões, pensar tudo novamente, para evitar que haja arrependimento quando já não se tiver o poder de reter o que está escrito.*

Há muito tempo já se disse: "O que está escrito permanece escrito." As palavras passam, nós as transformamos, as modificamos, as suavizamos; mas a escrita não sofre tais alterações. O termo injurioso em um livro é sempre uma injúria; a expressão indecente é uma infâmia; e a doutrina errônea de um escrito é a marca de um autor perigoso, seja qual for o desvio de sentido que ele empregue para disfarçar sua malignidade. A atenção, portanto, deve ser extrema, para não se escrever nada que não tenha sido sensatamente meditado. Tem-se o domínio de pensar; já não se tem o dos pensamentos escritos e abandonados ao leitor.

OITAVO PRINCÍPIO. *Quando se trata de segredo, nunca se deve escrevê-lo: a reserva, nessa matéria, não tem excessos a temer.*

Basta conhecer a natureza do segredo para julgar que não há exagero nessa máxima. Dificilmente o segredo fica bastante escondido na alma daquele a quem é confiado. O que aconteceria, então, se fôssemos indiscretos a ponto de revelá-lo em uma obra?

NONO PRINCÍPIO. *A reserva necessária para deter a pena não é uma virtude menor do que a habilidade e a aplicação em bem escrever; e não há mais mérito em explicar o que se sabe do que em calar o que se ignora.*

Não há nada mais fácil, em aparência, do que parar de agir; a ação, ao contrário, tem suas dificuldades e seus embaraços. Admito que escrever bem parece, pois, uma empreitada mais difícil do que nada escrever; mas não escrever nada e deter a pena por sensatez, por reserva, por precaução é uma violência para muitos autores. Esse pendor os leva a escrever; é um peso que os arrasta. Significa pois ganhar muito de si mesmo deter-se nesse pendor e sacrificar o amor-próprio pela prudência.

Acrescentei que não há mais mérito em explicar o que se sabe do que em calar o que se ignora. O primeiro é natural; fala-se, escreve-se de bom grado sobre o que se sabe; é um mérito comum. O outro é mais raro, não se aprecia a reserva, que poderia fazer suspeitar ignorância; às vezes escreve-se o que se sabe e o que não se sabe muito com igual presunção, para parecer ter alguma habilidade. É pois um mérito calar o que se ignora.

DÉCIMO PRINCÍPIO. *A reserva em escrever muitas vezes passa por sabedoria em um tolo e por capacidade em um ignorante.*

Um ignorante que sabe ter limites escreve pouco ou não escreve nada, o que é ainda melhor. Por isso, ele goza de uma espécie de reputação favorável que não merece e que destruiria se escrevesse mais. "Ele é sábio", diz-se, "tem bom senso, pensa muito e se explica pouco." É o que dizem, muitos o pensam, pelo menos aqueles que só conhecem esse homem pela reserva. Em todo caso, o partido que ele toma é o melhor. Porque segundo a máxima que segue:

DÉCIMO PRIMEIRO PRINCÍPIO. *Se somos levados a acreditar que um homem que não escreve não tem talento e que um outro que inunda o público com escritos é um louco, é melhor passar por não ter talento, não escrevendo, do que por louco, abandonando-se à paixão de escrever demais.*

A reputação de loucura é odiosa; só podem aceitá-la os que fazem dela uma ridícula ocupação ou que são loucos sem o saber. A reputação de um homem de talentos medíocres é mais cômoda, nada se espera de sua inteligência; por pouco que ofereça, será reconhecido; se nada oferecer, não será reprovado; dele não se deve esperar coisa alguma.

DÉCIMO SEGUNDO PRINCÍPIO. *Mesmo que se tenha propensão a deter a própria pena, sempre se deve desconfiar de si mesmo; e para impedir a si mesmo de escrever alguma coisa, basta que se tenha muita paixão por escrevê-la.*

Eu já o disse: o homem deve ser dono de si mesmo para escrever de maneira razoável; mas não é enquanto a paixão fala que o homem é dono de si mesmo. Muita vontade de escrever alguma coisa nem sempre é uma paixão repreensível, mas deve ser sempre um tempo suspeito para um escritor sensato e discreto. Essa avidez é pelo menos um começo de paixão; algumas reflexões sobre o que se quer escrever e sobre como se quer escrever não farão mal algum. É um remédio fácil: basta um volteio da inteligência, um pensamento, para acalmar e retificar um primeiro movimento.

Acrescentarei duas reflexões particulares. A primeira é que, como os princípios e as máximas aqui colocados para ensinar a fazer um bom uso pena constituem um acervo abundante de instruções, cada autor deve aplicá-los com eficácia às suas obras, para fazer uma crítica de si mesmo: se *escreve mal*, se *escreve excessivamente* ou se *não escreve o suficiente*. Calei intencionalmente sobre os que se apresentaram a mim ao escrever estas observações; ou melhor, seus livros me fizeram lembrá-los, pois os escritores nem sempre ousam aparecer. Acontece, muitas vezes, que sem nome, sem identificação, sem marca, nem do lugar em que escrevem nem do lugar em que suas obras foram publicadas, os livros caem nas mãos dos leitores que não os esperavam mais do que se esperam os frutos do crime, expostos por acaso por pais culpados.

Portanto, que esses autores criminosos e ocultos, assim como aqueles cujo nome suprimi, apliquem daqui o que lhes seja conveniente. Exorto igualmente aqueles que não escrevem muito a cumprir seus deveres com prudência e com utilidade para o público.

Segunda reflexão: tudo o que expus no artigo dos escritores é de importância singular com respeito à religião; é uma matéria sobre a qual não se escreve sem conseqüências. Uma palavra, uma letra mal torneadas, cortadas, ou acrescentadas, dão origem a erros, cismas, heresias, que depois só se podem extinguir com cuidados e dificuldades infinitas. O que aconteceria, pois, se enchêssemos o mundo com escritos perniciosos e não cuidássemos de fazer publicar escritos úteis? Aqueles são um veneno perigoso; estes são seus remédios. Se o veneno dominasse, não seria a religião destruída e o mundo inapelavelmente corrompido? Aplicai o remédio e um e outra serão conservados.

Os homens sensatos e prudentes convirão, sem dúvida, na verdade dos princípios estabelecidos nesta obra; nossos filósofos modernos a reconhecerão também? Nós o desejamos ardentemente, para a glória da religião, a tranqüilidade do Estado, o bem da sociedade e a pureza dos costumes.

Índice

Apresentação
J.-J. Courtine e C. Haroche   V

A arte de calar

Prefácio   3

Primeira Parte

Introdução   9

Princípios necessários para calar   12

Diferentes espécies de silêncio   15

As causas das diferentes espécies de silêncio   19

Segunda Parte

Introdução   25

Escreve-se mal   28

Escreve-se demais   30

Não se escreve o suficiente   57

*Princípios necessários para explicar-se pelos
escritos e pelos livros*   60

Impresso nas oficinas da
Gráfica Palas Athena